U0101541

清·曹雪芹 著

紅樓夢

乾隆間程甲本

中國書店

出版説明

《紅樓夢》一百二十回，清曹雪芹著。

作爲中國古典小説代表作品的《紅樓夢》，在曹雪芹逝世後的二三十年間一直是以抄本的形式流傳。至清乾隆五十六年辛亥（一七九一），由萃文書屋主人程偉元與高鶚共同整理出版，第一次以活字印刷的形式將《紅樓夢》八十回抄本與無名氏所續後四十回補本合在一起印行，成爲《紅樓夢》第一個印本，被稱爲『程甲本』。出版後，因社會需要量大，難以滿足世人的購書需求，且前次印刷『因急欲公諸同好，故初印時不及細校，間有紕謬』（『程乙本』高鶚引言），又于第二年春季（乾隆五十七年壬子）再次校訂排印，內容上改動了五六千字，回目標題也稍有改動，爲區别于前一印本，此版被稱爲『程乙本』。在版式方面，此兩版《紅樓夢》均爲半頁十行，行二十四字，白口，單魚尾，四周雙邊。書前有序文、二十四幅綉像圖及圖贊，封面刻《新鐫全部綉像紅樓夢》。僅『程乙本』因在排印前作了修訂，所以在序後又多一篇引言。

《紅樓夢》『程甲本』、『程乙本』的問世，從兩個方面深刻地影響了這部偉大的作品。首先，它使《紅樓夢》以定本的面目出現，得到更廣泛流傳；其次，它以一百二十回全本出版，改變了抄本時代衹有八十回的缺憾。

由于『程甲本』、『程乙本』均采用活字形式印刷，印量不多，傳至今日已非常稀見，『程甲本』則更同鳳毛麟角。據著録，『程甲本』公藏僅存四部，『程乙本』公藏僅存十部，讀者難得一見。

作爲一家擁有圖書出版、發行以及古舊書收售等多元化經營的綜合文化企業，中國書店一直以收售古今中外書刊、碑帖、字畫等形式，發掘、搶救、保護和傳播人類文明遺産。在中國書店六十多年的古籍收購、整理過程中，曾有幸收購過兩部《新鐫全部綉像紅樓夢》『程甲本』，其中一部供中國國家圖書館收藏，另一部在中國書店保存。中國書店所藏『程甲本』，版式精致，保存完好，與早年收購的『程乙本』堪稱雙璧，并且兩書文字均有前人朱筆校訂，其珍貴價值不言而喻。

今鑒于『程甲本』、『程乙本』是《紅樓夢》衆多版本中包含後四十回的最早印本，是研究《紅樓夢》的寶貴資料，在中國古典文學史和古代印刷史上占有重要的地位，有着極高的學術價值。因此，中國書店特據自藏《新鐫全部綉像紅樓夢》『程甲本』與『程乙本』爲底本限量影印出版，從版式到裝幀形式均依照原書，一方面爲《紅樓夢》的比較研究與版本整理創造了更優越的條件，另一方面也爲『紅學』研究者、愛好者提供了一部珍貴版本。

中國書店

序

紅樓夢小說本名石頭記作者相傳不一究未知出自何人惟書內記雪芹曹先生刪改數過好事者每傳抄一部置廟市中昂其值得數十金可謂不脛而走者矣然原目一百廿卷今所傳祇八十卷殊非全本即間稱有全部者及檢閱仍祇八十卷讀者頗以為憾不佞以是書既有百廿卷之目豈無全璧爰為竭力搜羅自藏書家甚至

故紙堆中無不留心，數年以來，僅積有廿餘卷。一日偶於鼓擔上得十餘卷，遂重價購之，欣然繙閱，見其前後起伏，尚屬接筍，然漶漫殆不可收拾。乃同友人細加釐剔，截長補短，抄成全部，復爲鐫板，以公同好，紅樓夢全書始至是告成矣。書成，因並誌其緣起，以告海內君子。凡我同人，或亦先覩爲快者歟。

小泉程偉元識

小泉

程偉元

叙

予聞紅樓夢膾炙人口者幾廿餘年然無全璧無定本向曾從友人借觀竊以染指嘗鼎為憾今年春友人程子小泉過予以其所購全書見示且曰此僕數年銖積寸累之苦心將付剞劂公同好子閒且憊矣盍分任之予以是書雖稗官野史之流然尚不謬於名教欣然拜諾正以波斯

奴見寶爲幸遂襄其役工既
竣并識端末以告閱者
時
乾隆辛亥冬至後五日鐵嶺
高鶚敘并書

石頭

石耶玉耶頑耶靈耶乾端地倪鑄爾形耶癡海情天鍊爾神耶來無始去無終耶渺渺茫茫吾安窮耶

琳琅亦重未貢王廷花月
情多自開綺洞塵緣重而
情緣縈結真如會而色相
俱空從此歸來式寶地而
妙還我青虛天

怡紅公子

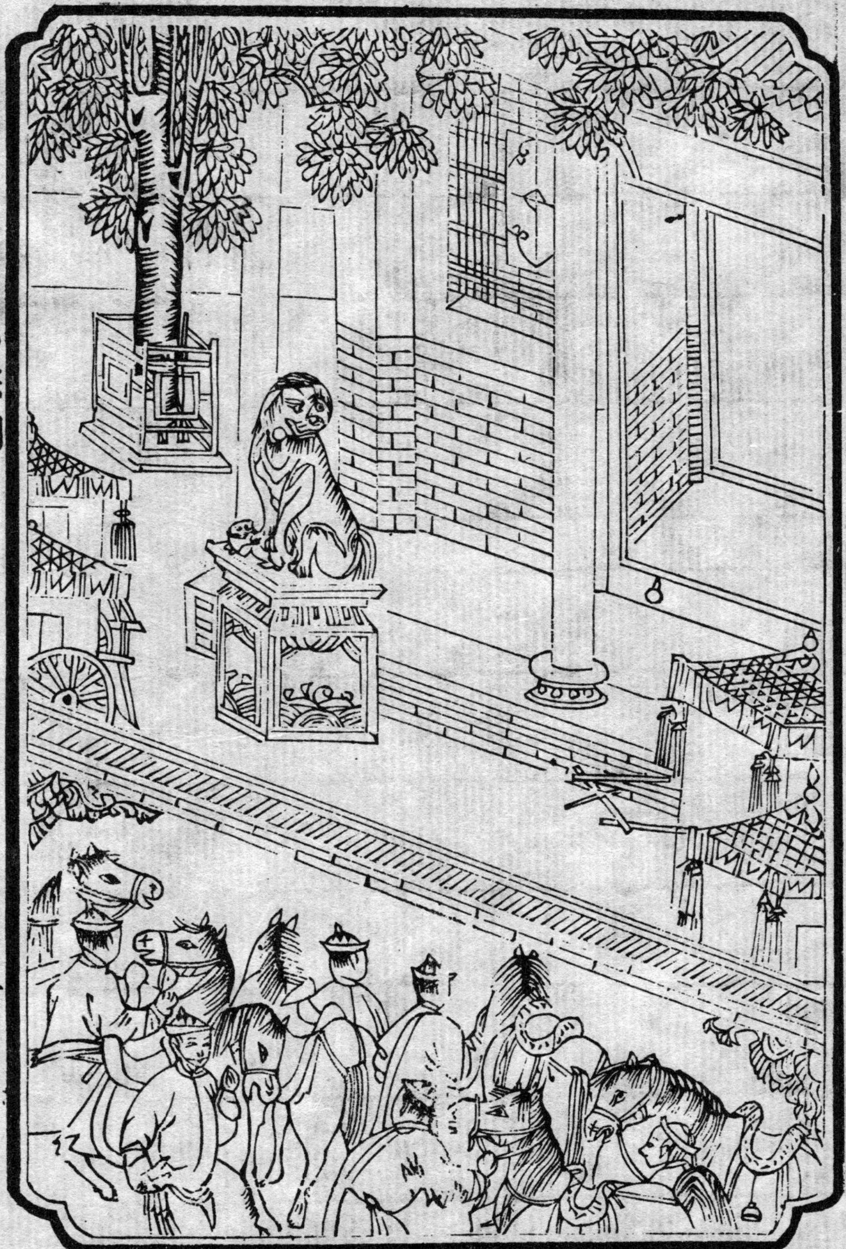

賈氏宗祠

江左皇皇族祠堂氣象
新衣冠三代列俎豆四
時陳鶴立金萱䳩鵷行
玉樹春莫言神歎息終
看叶振振

史太君

安重深閨質慈
祥大母儀盛衰
同一瞬白首苦
低垂

富貴壽考

史太君

安重深閨資慈
祥大母儀盛京
同一辭白首古
依垂

壽貴

雜話燈竹解危
憂辛苦嚴讖意未
休寄語之間佳子弟
可能天秀所生不

賈政　王夫人

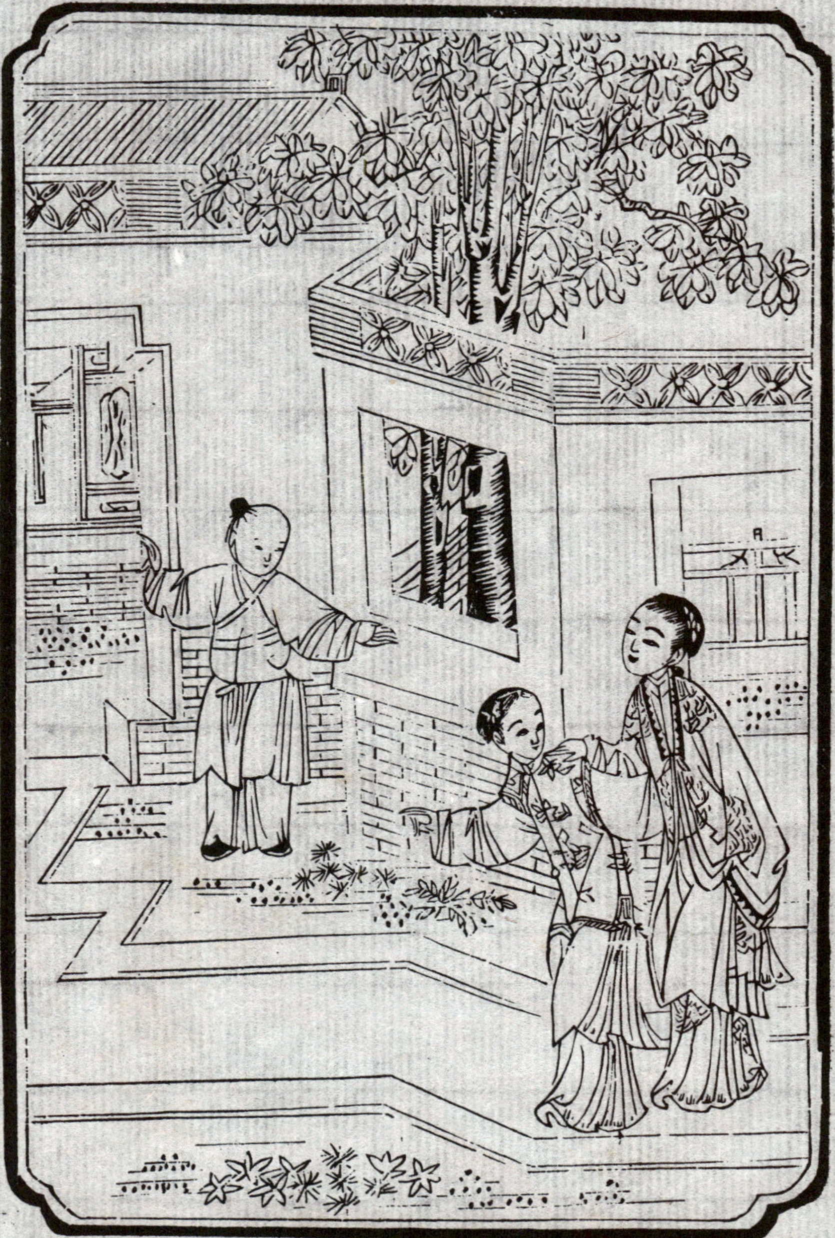

五

窈窕淑女宜君宜
王歸寧父母鸞聲
鏘々終允兄弟不
可弭忘永言配命
昰憂以瘁

元春

菱洲亭畔水縈洄
淚濕闌干忠自哀応
事閑愁揮不去一篇
載賡卻殷情

菱洲

探春

三女乃女蛟畔上好家
政代理钜细久旦先除
厉弊出入量为日勤日倍
弗偏弗私卓一像范为
女老师

漫道掃眉班馬休
論傳粉[illegible]關辭識
君園是畫居然拾
得寒山

惜春

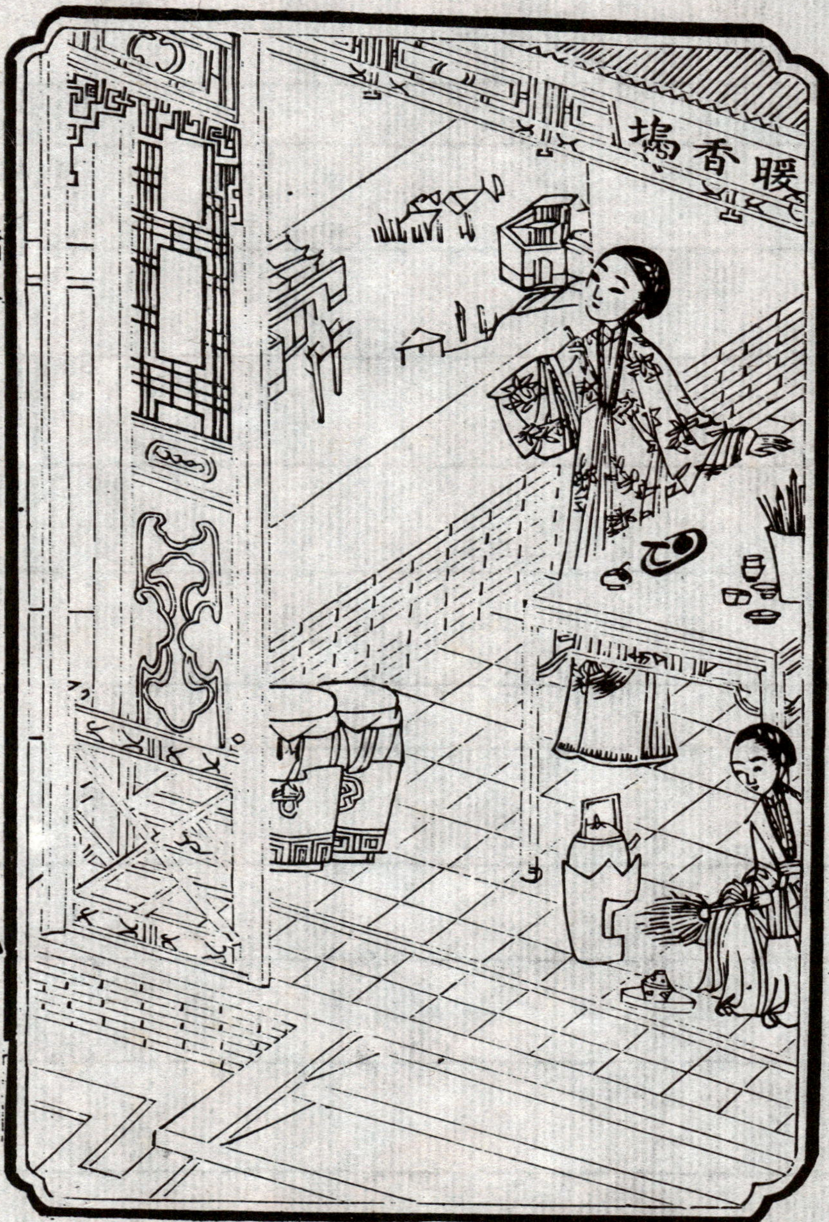

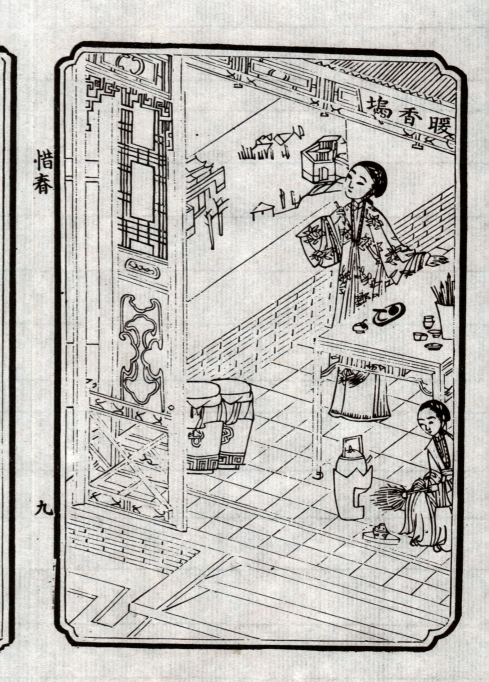

抱得松筠操青青耐早
霜鸞飛孤月影桂發一
枝香愛雪邀開社追涼
玩插秧教兒知稼穡婦
德自流芳

稻香老農

李紈 賈蘭附

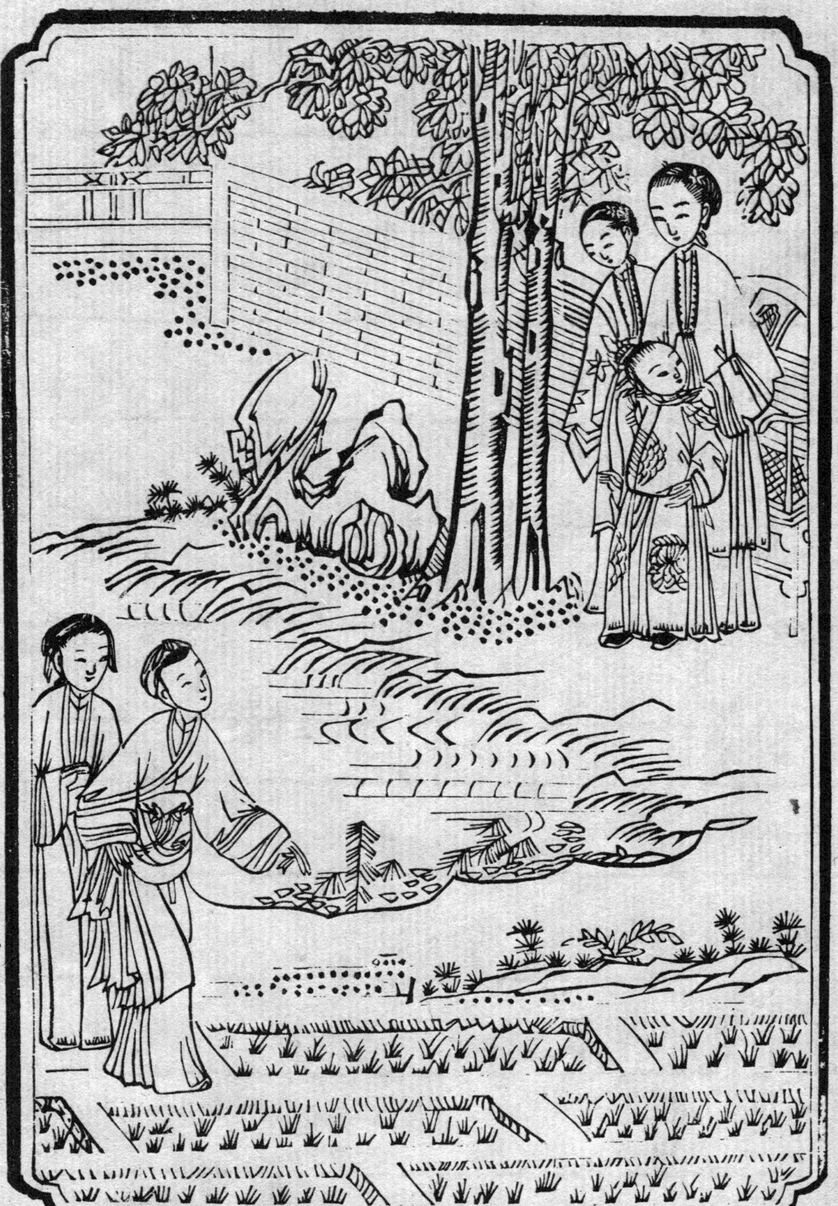

王熙鳳

才調風流出塵宮
花分得一枝新儂家
作醒陽臺夢斜掠
烟鬟半未匀

巧姐

十二

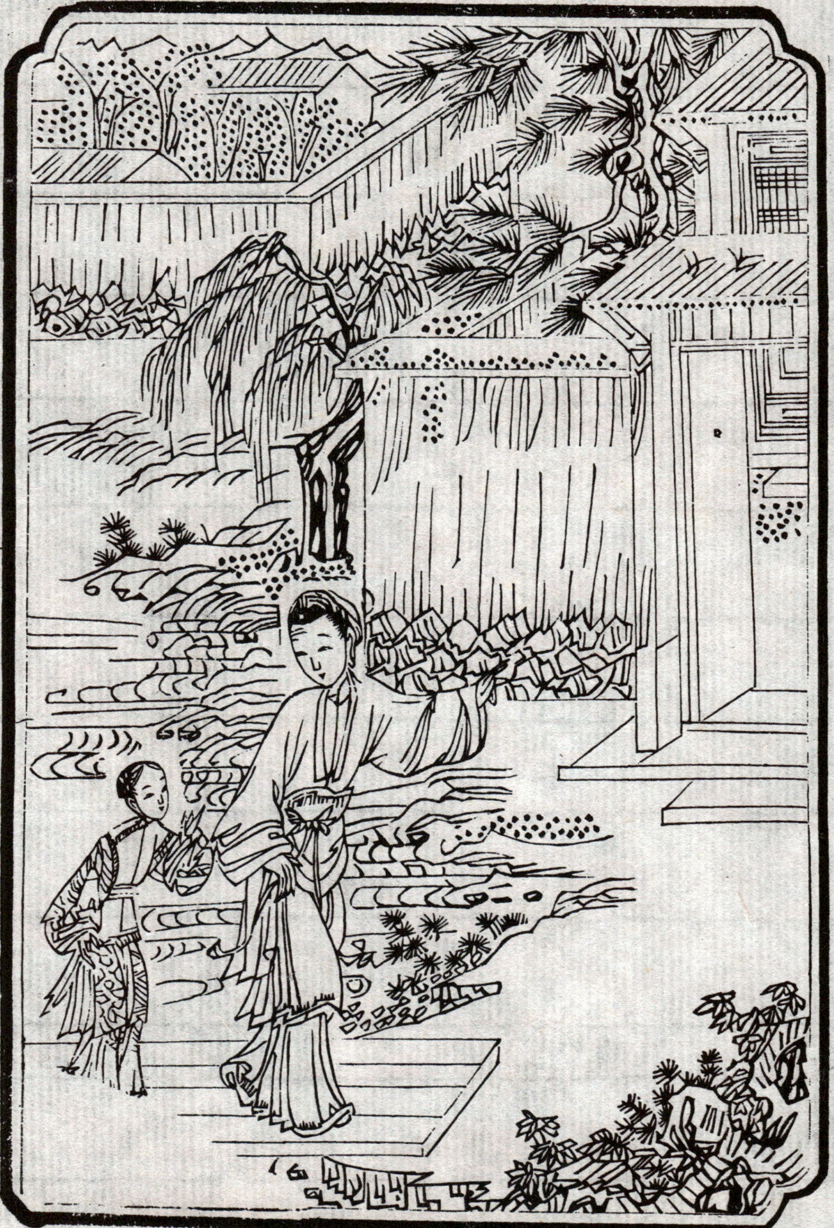

維七夕生是以巧名
金閨舊夢空村紡
聲誰假十萬嫁織女
星

香案靈前使瑤臺月下逢夘
本是許飛瓊爭被芳名喚起夢
魂中　露泣珠旋落人遙豆不紅低枝
無奈五更風一點幽情還逐曉雲
空　調寄南柯子

秦氏

宜爾室家多藉閨中弘
息無諱夫子何殊林下
高風庭閑鶴夢知午睡
生初秀繡並鴛鴦念感霜
鍼之忽鍬

蘅蕪君

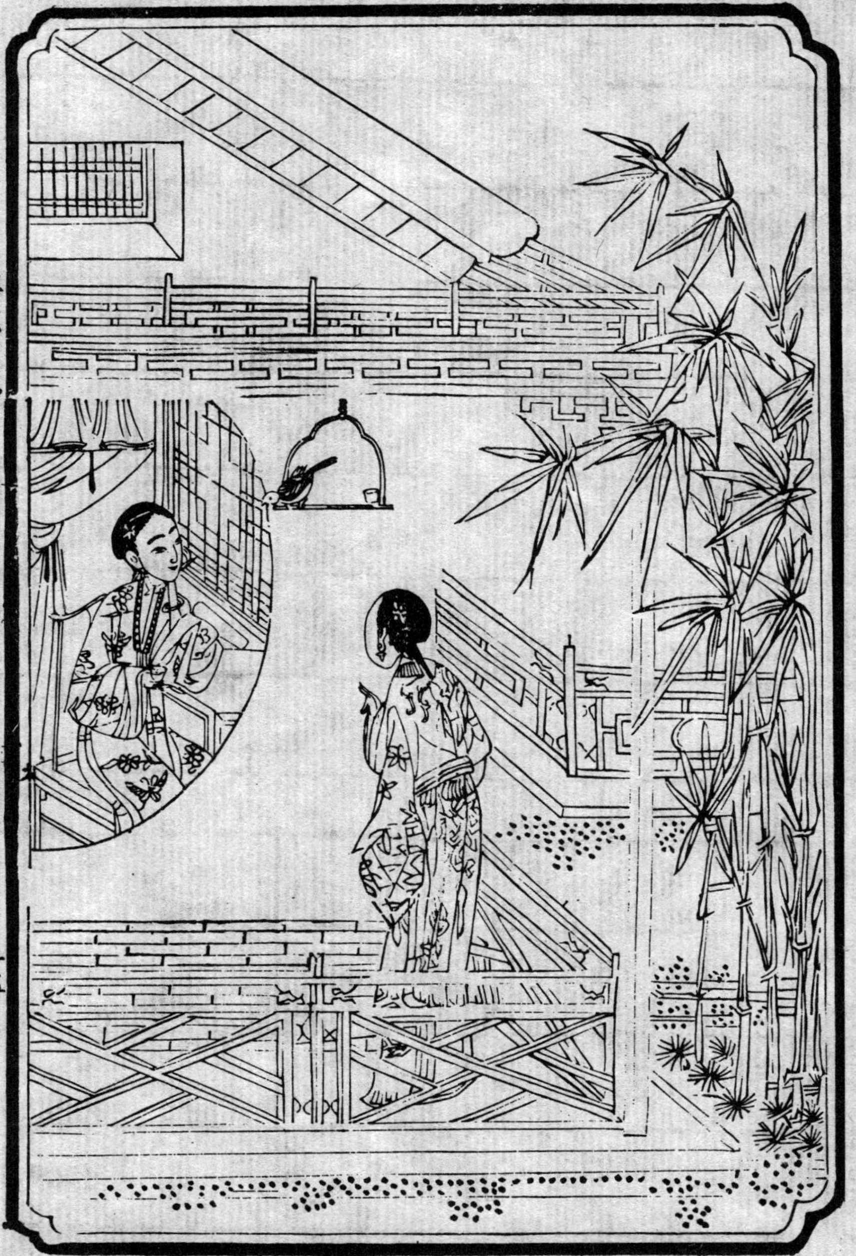

林黛玉

人间天上總情癡湘
館啼痕空染枝鸚鵡
不知儂意绪喃喃猶诵
葬花詩

瀟湘妃子

拾得麒麟去
紈閣風拂蝶芳
裀沈醉後花向夕
陽閑

枕霞舊友

史湘雲

浮寂孤另只是戶學心性攘
有軒見童念音執無情含傾
閒紅棵欄翠支白雲榴香起
不信維摩室有昆侖

調寄女冠子

樸九

鶴氅翩〻红靺鞨泥金
裘滚珍珠眉生来自
合是梅粧清一色嬌難
别天花影裡胭脂雪
调寄天仙子

薛寶琴

翠鬟碧沼曲欄杆
一段閑情寄釣竿魚
自忘機人自識鴛鴦
相睡不相干

李紈　李綺　邢岫烟

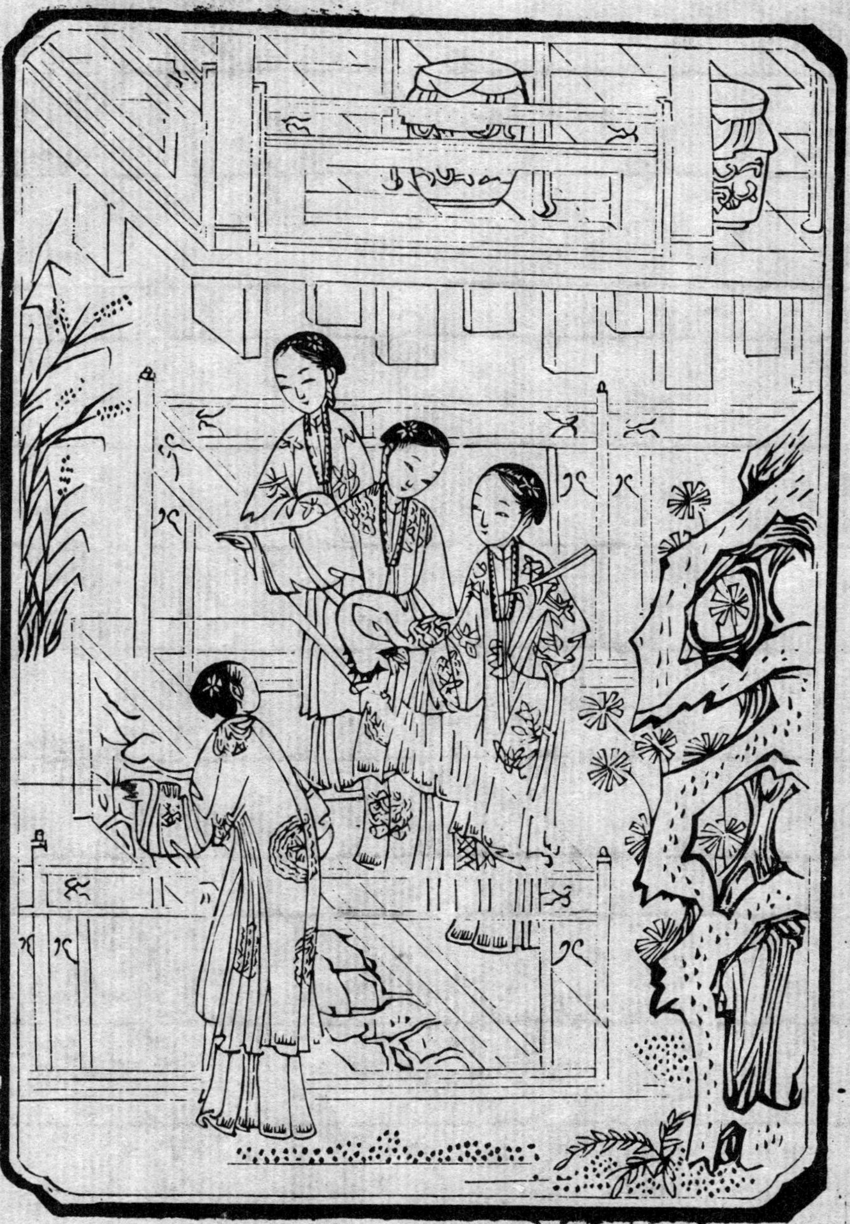

君有情妾無情胭脂雨亂
子鸞妾另情君無情氤氳
使歸花城說分說緣都是
幻女子無媒羞自獻君不
見桃花血蘸鴛鴦劍

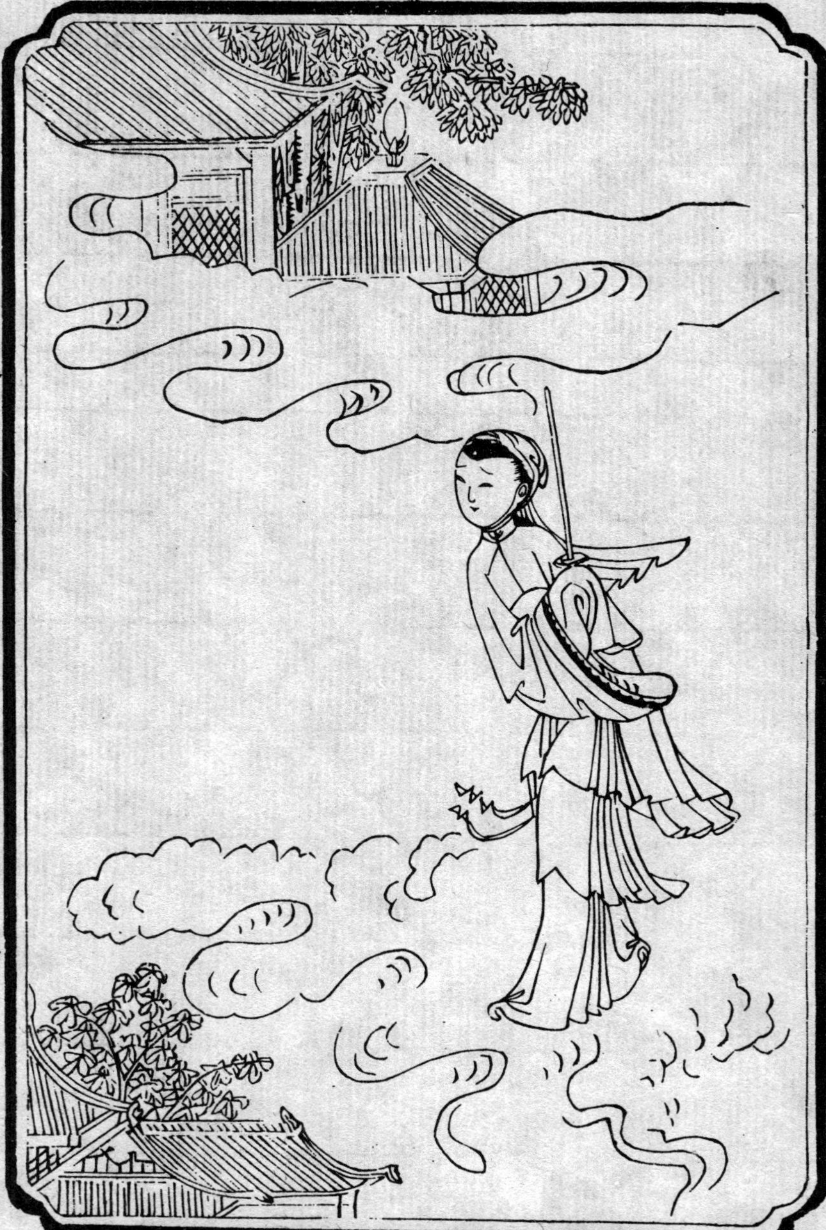

南園草色綠盈盈、朱欄外有人聲穠桃艷李讓渠嬴怎解道夫妻蕙占佳名 小娃惡謔太憨生帬帶染繡茵青郎君阿姊兩多情悄解換偷眼看怕卿卿

调寄繫裙腰

香菱 襲人

羸質何因把至戕披
襲人自注斜暉下情
白骨添新塚蔓草
荒烟蝶夢飛

晴雯

艷舞嬌歌姿孔冶袖底生
鶯索菱湖近鷺散沙鷗
陣絃管無情竟作晨鐘促
休重問梵聲禪韻千里江
南恨　調寄菩薩蠻

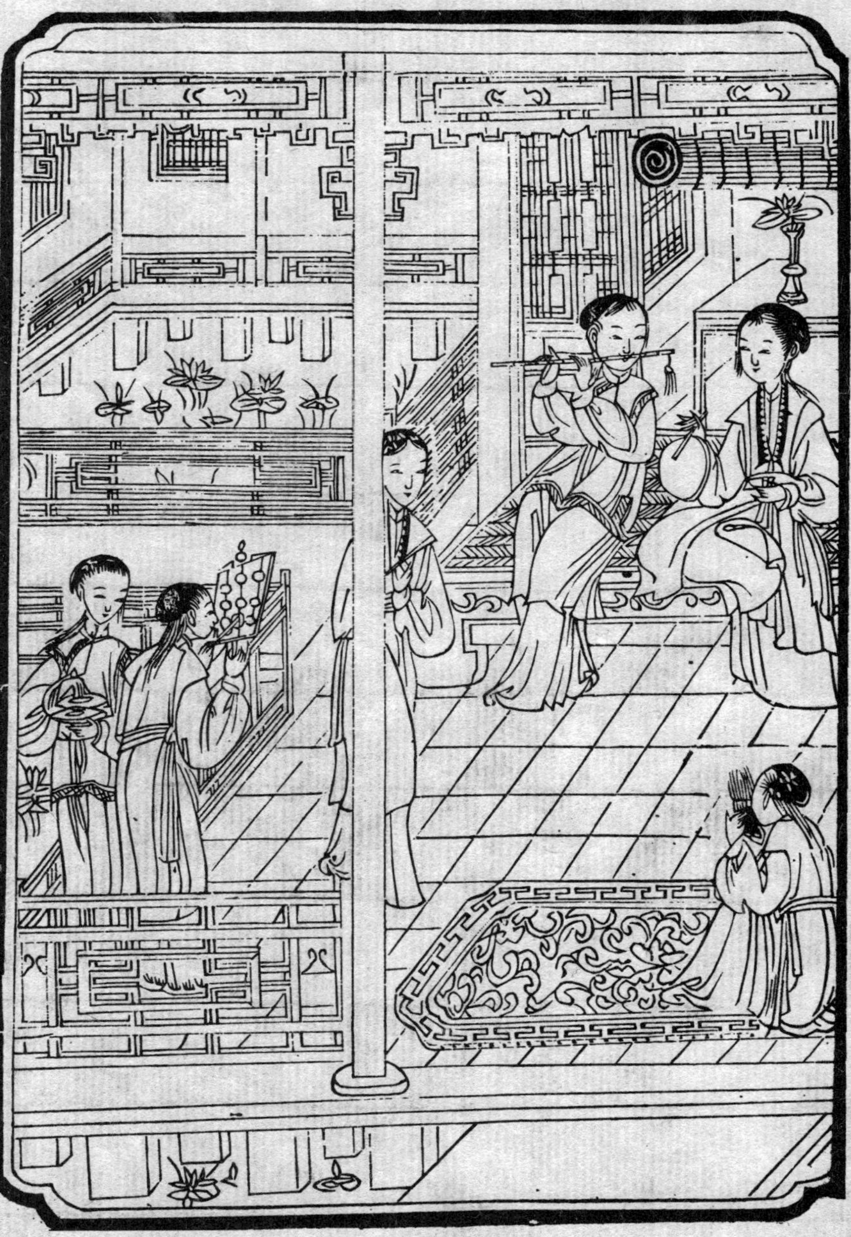

我得一隻牛你得一隻狗
那些牛狗大家撒手那個
牛狗大家一口聲是急
麼著了羅滿至萬象來去
最妙合生活之題跋

紅樓夢目錄

第一回
甄士隱夢幻識通靈　賈雨村風塵懷閨秀
第二回
賈夫人仙逝揚州城　冷子興演說榮國府
第三回
托內兄如海薦西賓　接外孫賈母惜孤女
第四回
薄命女偏逢薄命郎　葫蘆僧判斷葫蘆案
第五回

賈寶玉神遊太虛境　警幻仙曲演紅樓夢
第六回
賈寶玉初試雲雨情　劉老老一進榮國府
第七回
送宮花賈璉戲熙鳳　寧國府寶玉會秦鍾
第八回
賈寶玉奇緣識金鎖　薛寶釵巧合認通靈
第九回
訓劣子李貴承申飭　嗔頑童茗烟鬧書房
第十回

第十一回
金寡婦貪利權受辱　張太醫論病細窮源
第十二回
慶壽辰寧府排家宴　見熙鳳賈瑞起淫心
第十三回
王熙鳳毒設相思局　賈天祥正照風月鑒
第十四回
秦可卿死封龍禁尉　王熙鳳協理寧國府
第十五回
林如海捐館揚州城　賈寶玉路謁北靜王
第十六回
王鳳姐弄權鐵檻寺　秦鯨卿得趣饅頭庵
第十七回
賈元春才選鳳藻宮　秦鯨卿夭逝黄泉路
第十八回
大觀園試才題對額　榮國府歸省慶元宵
第十九回
皇恩重元妃省父母　天倫樂寶玉呈才藻
第二十回
情切切良宵花解語　意綿綿靜日玉生香

安窮耶

古無終耶迴〻迄〻吾

情天鍊爾神耶來無始

詩地倪譸爾形耶寂海

石耶王耶頑耶靈耶乾

[illegible][illegible]非青[illegible]天
則空[illegible]以[illegible]來在實[illegible]不
證[illegible][illegible]結真如會于心目
[illegible]名自開緯同無[illegible]童而
林與人書未貢王[illegible][illegible][illegible]

春日來朝
王城春莫信車駕過叢
祠東鄰立金堂普勸行
條來路三外旧殿西
上士皇教府堂席來

史太君

四

安重深閨貴
福祥大母儀
敦厚同一辭
白首古依垂

賈政　王夫人　五

可涓天香即生平
松喬齡之間生兄弟
亹亭芙蓉籬落意未
錦綉蘭竹儲分

王熙鳳正言彈妬意　林黛玉俏語謔嬌音
第二十一回
賢襲人嬌嗔箴寶玉　俏平兒軟語救賈璉
第二十二回
聽曲文寶玉悟禪機　製燈謎賈政悲讖語
第二十三回
西廂記妙詞通戲語　牡丹亭艷曲警芳心
第二十四回
醉金剛輕財尚義俠　痴女兒遺帕惹相思
第二十五回
魘魔法叔嫂逢五鬼　通靈玉蒙蔽遇雙真
第二十六回
蜂腰橋設言傳心事　瀟湘館春困發幽情
第二十七回
滴翠亭楊妃戲彩蝶　埋香塚飛燕泣殘紅
第二十八回
蔣玉函情贈茜香羅　薛寶釵羞籠紅麝串
第二十九回
享福人福深還禱福　惜情女情重愈斟情
第三十回

寶釵借扇機帶雙敲　椿齡畫薔痴及局外

第三十一回
撕扇子作千金一笑　因麒麟伏白首雙星
第三十二回
訴肺腑心迷活寶玉　含恥辱情烈死金釧
第三十三回
手足耽耽小動唇舌　不肖種種大承笞撻
第三十四回
情中情因情感妹妹　錯裡錯以錯勸哥哥
第三十五回
白玉釧親嚐蓮葉羹　黃金鶯巧結梅花絡
第三十六回
繡鴛鴦夢兆絳芸軒　識分定情悟梨香院
第三十七回
秋爽齋偶結海棠社　蘅蕪院夜擬菊花題
第三十八回
林瀟湘魁奪菊花詩　薛蘅蕪諷和螃蟹咏
第三十九回
村老老是信口開河　情哥哥偏尋根究底
第四十回

史太君兩宴大觀園　金鴛鴦三宣牙牌令

第四十一回

賈寶玉品茶櫳翠菴　劉老老醉卧怡紅院

第四十二回

蘅蕪君蘭言解疑癖　瀟湘子雅謔補餘音

第四十三回

閒取樂偶攢金慶壽　不了情暫撮土爲香

第四十四回

變生不測鳳姐潑醋　喜出望外平兒理粧

第四十五回

金蘭契互剖金蘭語　風雨夕悶製風雨詞

第四十六回

尷尬人難免尷尬事　鴛鴦女誓絕鴛鴦偶

第四十七回

獃霸王調情遭苦打　冷郎君懼禍走他鄉

第四十八回

濫情人情誤思游藝　慕雅女雅集苦吟詩

第四十九回

琉璃世界白雪紅梅　脂粉香娃割腥啖膻

第五十回

蘆雪亭爭聯卽景詩　暖香塢雅製春燈謎

第五十一回
薛小妹新編懷古詩　胡庸醫亂用虎狼藥

第五十二回
俏平兒情掩蝦鬚鐲　勇晴雯病補雀毛裘

第五十三回
寧國府除夕祭宗祠　榮國府元宵開夜宴

第五十四回
史太君破陳腐舊套　王熙鳳效戲彩斑衣

第五十五回
辱親女愚妾爭閒氣　欺幼主刁奴蓄險心

第五十六回
敏探春興利除宿弊　賢寶釵小惠全大體

第五十七回
慧紫鵑情辭試莽玉　慈姨媽愛語慰痴顰

第五十八回
杏子陰假鳳泣虛凰　茜紗窻真情揆痴理

第五十九回
柳葉渚邊嗔鶯叱燕　絳芸軒裡召將飛符

第六十回

茉莉粉替去薔薇硝　玫瑰露引出茯苓霜
第六十一回
投鼠忌器寶玉瞞贓　判冤决獄平兒行權
第六十二回
憨湘雲醉眠芍藥裀　獃香菱情解石榴裙
第六十三回
壽怡紅羣芳開夜宴　死金丹獨艷理親喪
第六十四回
幽淑女悲題五美吟　浪蕩子情遺九龍佩
第六十五回

賈二舍偷娶尤二姨　尤三姐思嫁柳二郎
第六十六回
情小妹耻情歸地府　冷二郎一冷入空門
第六十七回
見土儀顰卿思故里　聞秘事鳳姐訊家童
第六十八回
苦尤娘賺入大觀園　酸鳳姐大鬧寧國府
第六十九回
弄小巧用借劍殺人　覺大限吞生金自逝
第七十回

林黛玉重建桃花社　史湘雲偶塡柳絮詞

第七十一回

嫌隙人有心生嫌隙　鴛鴦女無意遇鴛鴦

第七十二回

王熙鳳恃强羞說病　來旺婦倚勢霸成親

第七十三回

痴丫頭悞拾綉春囊　懦小姐不問纍金鳳

第七十四回

惑奸讒抄檢大觀園　矢孤介杜絕寧國府

第七十五回

開夜宴異兆發悲音　賞中秋新詞得佳讖

第七十六回

凸碧堂品笛感淒清　凹晶館聯詩悲寂寞

第七十七回

俏丫鬟抱屈夭風流　美優伶斬情歸水月

第七十八回

老學士閒徵姽嫿詞　癡公子杜撰芙蓉誄

第七十九回

薛文起悔娶河東吼　賈迎春悞嫁中山狼

第八十回

美香菱屈受貪夫棒　王道士胡謅妬婦方

第八十一回

占旺相四美釣游魚　奉嚴詞兩番入家塾

第八十二回

老學究講義警頑心　病瀟湘痴魂驚惡夢

第八十三回

省宮闈賈元妃染恙　鬧閨閫薛寶釵吞聲

第八十四回

試文字寶玉始提親　探驚風賈環重結怨

第八十五回

賈存周報陞郎中任　薛文起復惹放流刑

第八十六回

受私賄老官番案牘　寄閒情淑女解琴書

第八十七回

感秋聲撫琴悲往事　坐禪寂走火入邪魔

第八十八回

博庭歡寶玉讚孤兒　正家法賈珍鞭悍僕

第八十九回

人亡物在公子填詞　蛇影盃弓顰卿絕粒

第九十回

失綿衣貧女耐嗷嘈　送菓品小郎驚叵測

第九十一回

縱淫心寶蟾工設計　布疑陣寶玉妄談禪

第九十二回

評女傳巧姐慕賢良　玩母珠賈政參聚散

第九十三回

甄家僕投靠賈家門　水月庵掀翻風月案

第九十四回

晏海棠賈母賞花妖　失寶玉通靈知奇禍

第九十五回

因訛成實元妃薨逝　以假混眞寶玉瘋顛

第九十六回

瞞消息鳳姐設奇謀　洩機關顰兒迷本性

第九十七回

林黛玉焚稿斷痴情　薛寶釵出閨成大禮

第九十八回

苦絳珠魂歸離恨天　病神瑛淚灑相思地

第九十九回

守官箴惡奴同破例　閱邸報老舅自擔驚

第一百回

破好事香菱結深恨　悲遠嫁寶玉感離情
第一百一回
大觀園月夜警幽魂　散花寺神籤占異兆
第一百二回
寧國府骨肉病災祲　大觀園符水驅妖孽
第一百三回
施毒計金桂自焚身　昧真禪雨村空遇舊
第一百四回
醉金剛小鰍生大浪　痴公子餘痛觸前情
第一百五回
錦衣軍查抄寧國府　驄馬使彈劾平安州
第一百六回
王熙鳳致禍抱羞慚　賈太君禱天消灾患
第一百七回
散餘資賈母明大義　復世職政老沐天恩
第一百八回
強歡笑蘅蕪慶生辰　死纏綿瀟湘聞鬼哭
第一百九回
候芳魂五兒承錯愛　還孽債迎女返真元
第一百十回

史太君壽終歸地府　王鳳姐力詘失人心
第一百十一回
鴛鴦女殉主登太虛　狗彘奴欺天招夥盜
第一百十二回
活冤孽妙姑遭大劫　死讐仇趙妾赴冥曹
第一百十三回
懺宿冤鳳姐托村嫗　釋舊憾情婢感癡郎
第一百十四回
王熙鳳歷刼返金陵　甄應嘉蒙恩還玉闕
第一百十五回

惑偏私惜春矢素志　證同類寶玉失相知
第一百六回
得通靈幻境悟仙緣　送慈柩故鄉全孝道
第一百十七回
阻超凡佳人雙護玉　欣聚黨惡子獨承家
第一百十八回
記微嫌舅兄欺弱女　驚謎語妻妾諫癡人
第一百十九回
中鄉魁寶玉却塵緣　沐皇恩賈家延世澤
第一百二十回

甄隱士詳說太虛情　賈雨村歸結紅樓夢

紅樓夢目錄終